ÉMILIEN DE BÉROY

DOUZE SONNETS

EN L'HONNEUR

DE LA VIERGE MARIE

—

Mulier..... in capite ejus
Corona stellarum duodecim.

(*Apoc.* XII—V, I.)

AIX

Ve REMONDET-AUBIN, LIBRAIRE-ÉDITEUR

—

1875

Se vend 50 centimes au profit des inondés,

DOUZE SONNETS

EN L'HONNEUR

DE LA VIERGE MARIE

EMILIEN DE BÉROY

DOUZE SONNETS

EN L'HONNEUR

DE LA VIERGE MARIE

—

Mulier..... in capite ejus
Corona stellarum duodecim.
(Apoc. XII — V, I.*)*

AIX

Vᵉ. REMONDET-AUBIN, LIBRAIRE-ÉDITEUR

—

1875

Se vend 50 centimes au profit des inondés.

I

L'IMMACULÉE CONCEPTION

—

Dans un charmant portrait, où l'art vaut la nature,
Un père voit sa fille avec ravissement
Et, pour orner son cadre, il veut dans la bordure
Prodiguer sans compter l'or et le diamant.

Quand des sommets du Ciel, Dieu dans sa créature
Descend pour la tirer de son abaissement,
Il pare avec amour cette vierge si pure
Où sa Divinité s'unit étroitement.

Aux regards du Seigneur la faiblesse est puissante,

Il lui faut pour son fils une chair innocente,

Marie au Tout-Puissant appartient par un vœu.

Tu ne peux pas étendre, ô Sagesse éternelle !

Au corps prédestiné la tache originelle,

Marie Immaculée aura pour fils un Dieu !

II

LA NATIVITÉ

—

L'homme fait du plaisir une importante affaire,
Il poursuit vainement ce qu'il croit le bonheur.....
Dans un asile obscur loin des bruits de la terre
Vivent deux saints époux qui craignent le Seigneur.

On cherche avec effort une gloire éphémère,
Au feu des passions on dessèche son cœur.....
Mais Anne et Joachim sont dans le sanctuaire
Pour le salut de tous priant le Créateur.

Qui s'occupe aujourd'hui de nos anciens prophètes ?
Le monde veut de l'or, le peuple veut des fêtes.....
Seuls Anne et Joachim pensent à l'Eternel.

Le Très-Haut les entend, il va sauver le monde,
Sainte Anne ignore encor qu'en la rendant féconde,
Dieu destine sa fille à régner dans le Ciel !

III

LA PRÉSENTATION

—

Une foule nombreuse avec hâte s'empresse,
Conduit-elle au logis un époux honoré ?
Non. Ce sont des parents qui vont avec tendresse
Présenter un enfant dans le temple sacré.

On l'accueille avec joie et des chants d'allégresse
Signalent son entrée en ce lieu vénéré ;
Ses parents sont heureux, même dans leur tristesse,
De tenir au Seigneur le vœu qu'ils ont juré.

Vers les sacrés parvis, où l'Eternel la guide,

Modestement s'avance une vierge timide,

Que sera cette enfant inconnue en ces lieux ?

On l'appelle Marie ! à ce nom de Marie,

Le Ciel se réjouit et la terre ravie

Va bénir ce doux nom, bientôt si glorieux.

IV

L'ANNONCIATION

—

Aux temps marqués par Dieu, la Vierge devient mère
Son Enfant, comme nous, devra vivre et souffrir.
Nul ne peut pénétrer l'insondable mystère
D'un Dieu qui vient de naître et qui pourra mourir.

Il veut dans sa bonté descendre sur la terre,
Sauver le genre humain sur le point de périr,
Mais pour le recevoir est-il un sanctuaire ?
Et quel cœur assez pur à ses yeux peut s'offrir ?

Le Seigneur lit d'en haut les secrets de notre âme,

De l'amour de Marie il voit la chaste flamme,

Il se rend aux désirs enflammés de son cœur.

Qu'ils sont forts dans le Ciel les vœux de l'innocence,

La servante de Dieu reçoit sa récompense

Et la Vierge Marie est mère du Sauveur !

V

LA VISITATION

—

Marie est arrivée auprès de Zacharie

Pour revoir sa parente et lui porter ses vœux,

Comme elle l'aperçoit, Elisabeth s'écrie :

D'où me vient ce bonheur? O jour trois fois heureux !

Oui, tu seras bénie entre toutes, Marie,

Voici que dans ton sein est descendu des Cieux

Le Christ, le Roi des Rois, promis à ma patrie,

Et dont nous ont parlé nos chants mystérieux.

En entendant ces mots, d'une voix prophétique,

Marie à l'Eternel adresse ce cantique

Que l'Eglise a transmis à la postérité.

Nous, louons le Seigneur qui de sa main puissante

Elève jusqu'à lui sa très humble servante

Et fait briller son nom pendant l'Eternité.

VI

LA NAISSANCE DU SAUVEUR

—

Des signes précurseurs ont paru dans les Cieux,

Un temple à l'*Inconnu* dans l'empire s'élève

Et le monde troublé de bruits mystérieux

Cherche en vain la clarté dans la nuit qui s'achève

Le Christ doit-il venir régner sur les Hébreux ?

La tige de David n'a-t-elle plus de sève

Pour ce grand rejeton promis à nos aïeux ?

Ce royaume annoncé ne serait-il qu'un rêve ?

Jésus choisit Marie, et sa Divinité

Veut voiler son éclat dans son obscurité,

Ainsi le Ciel s'unit au monde périssable !

Le pauvre est relevé de son abaissement,

L'humanité reçoit ce grand enseignement,

Voyant le fils de Dieu naître dans une étable !

VII

LA PURIFICATION

—

L'homme a dit dans son cœur : je ne servirai pas ;

S'il ne peut être grand, il cherche à le paraître

Et pourtant sa raison chancelle à chaque pas,

Il ne peut arriver même à se bien connaître.

Plus l'orgueil monte haut et plus il tombe bas,

L'antique Lucifer semble en ces jours renaître ;

Nul ne veut obéir et l'heure du trépas

Montre en vain à chacun que Dieu seul est le maître,

Mais Marie est soumise avec une humble foi,

Mère, mais toujours vierge, elle échappe à la loi

Et vient pourtant au temple en épouse zélée.

La mère de Jésus va se purifier !

Dans les sacrés parvis on voit s'agenouiller

Celle que l'univers proclame immaculée.

VIII

LA FUITE EN ÉGYPTE

Hérode a publié par crainte et par colère

Contre les nouveaux-nés les plus cruels édits,

On égorge l'enfant dans les bras de sa mère.

Le temps presse et Joseph fuit de ces lieux maudits.

L'Egypte va prêter sa terre hospitalière

Et nul ne connaîtra les illustres proscrits ;

Ils partent tous les trois, et la terre étrangère

Verra grandir Jésus au milieu de ses fils.

L'esquif, aimé de Dieu, vogue loin du rivage;

Que pourront contre lui les écueils et l'orage ?

Il affronte sans peur tous les périls des mers.

Ainsi Jésus remplit sa mission divine,

Il meurt quand la Judée a reçu sa doctrine

Et qu'il a pour le Ciel reconquis l'univers !

IX

LES NOCES DE CANA

—

On célèbre à Cana dans un repas joyeux

Deux nouveaux mariés. Au plaisir on s'apprête.

Pour s'asseoir au festin les hôtes sont nombreux,

Et Marie et Jésus assistent à la fête.

Vers la fin du repas, par un oubli fâcheux,

Le vin manque ; Marie, à donner toujours prête,

Va supplier son fils, et son fils est heureux,

En voyant son désir, d'exaucer sa requête.

Sur la table aussitôt les serviteurs confus

Ont porté de l'eau pure. A la voix de Jésus

L'eau s'est changée en vin et rougit dans le verre.

Ainsi, Chrétiens, Marie écoutera nos cris,

Portera nos soupirs et nos vœux à son fils.

Que peut-on refuser aux désirs d'une Mère?

X

LA SAINTE VIERGE AUX PIEDS DU CALVAIRE

—

De la mère du Christ la mortelle tristesse
La saisit tout entière ; au Calvaire abhorré
Elle monte ! Et Jésus d'un regard de tendresse
Ne peut tarir les pleurs de son cœur éploré.

Une immense douleur l'envahit et l'oppresse
Quand, lié sur la Croix, meurt son fils adoré ;
Ses yeux, ses tristes yeux contemplent sans faiblesse
Ce bois, jadis infâme, et désormais sacré.

Qui pourrait sans gémir contempler cette mère

Affaissée, à genoux aux pieds de ce Calvaire ?

Son cœur est transpercé d'un glaive de douleur.

Aux volontés de Dieu son âme s'abandonne,

Comme il a pardonné, Marie aussi pardonne

Car son titre de gloire est mère du Sauveur !

L'ASSOMPTION

—

Tu naquis, ô Marie ! et ton âme innocente

Réjouit l'Eternel. Depuis ton saint berceau,

Pure de tout contact, tu passes triomphante

Et franchis sans horreur les portes du tombeau.

Tu meurs, mais le Très-Haut va, de sa main puissante,

Te couvrir de sa gloire ainsi que d'un manteau

De ses fiers Séraphins, la cohorte brillante

Préparera pour toi le trône le plus beau,

Monte, Mère de Dieu ! les palmes immortelles

Accompagnent ton corps aux voûtes éternelles

Et ta beauté sans tache au Ciel va resplendir.

Dans ce beau paradis, dont Jésus t'a fait Reine,

Implore-le pour nous, ô douce souveraine !

Car un fils à sa mère est heureux d'obéir.

XII

PATRONAGE DE LA SAINTE VIERGE

—

Jésus dit à Marie aux pieds de son Calvaire
En lui montrant saint Jean : Femme, voilà ton fils ;
Puis il dit à l'Apôtre : Enfant, voilà ta mère.
A cet ordre de Dieu leurs cœurs se sont soumis.

Chrétiens qui l'entendez, saint Jean est votre frère,
Sa mère est votre mère et Jésus l'a permis
Pour nous donner le droit d'invoquer, de la terre,
Son tout puissant secours contre nos ennemis.

Adressez donc vos vœux à la Vierge Marie,

Elle écoute toujours le chrétien qui la prie

Et quiconque l'invoque est sûr d'être exaucé.

Elle protégera cette terre de France

Où tant de cœurs aimants implorent sa puissance,

Sa bonté lui rendra la foi du temps passé.

TABLE

DES DOUZE SONNETS

—

Pages

1. L'Immaculée Conception de la Sainte Vierge . 5

2. La Nativité de la Sainte Vierge............. 7

3. La Présentation de la Sainte Vierge au Temple 9

4. L'Annonciation de la Sainte Vierge......... 11

5. La Visitation de la Sainte Vierge............ 13

6. La Naissance du Sauveur.................. 15

7. La Purification de la Sainte Vierge......... 17

8. La Fuite en Egypte...................... 19

9. Les Noces de Cana...................... 21

10. La Sainte Vierge aux pieds du Calvaire...... 23

11. L'Assomption de la Sainte Vierge........... 25

12. Patronage de la Sainte Vierge............. 27

FIN.

OUVRAGES DU MÊME AUTEUR :

———

Gallicans et Ultramontains à propos de l'infaillibilité du Pape. (Aix, Sardat, libraire-éditeur).

——— o o ———

POUR PARAITRE PROCHAINEMENT :

Les Sanctuaires de Provence.

OUVRAGES DU MÊME AUTEUR :

Gallicans et Ultramontains à propos de l'infaillibilité du
Pape. (Aix, Sardat, libraire-éditeur).

POUR PARAITRE PROCHAINEMENT :

Les Sanctuaires de Provence.

www.ingramcontent.com/pod-product-compliance
Lightning Source LLC
Chambersburg PA
CBHW060905180626
46818CB00004B/1831